LA RÉSURRECTION DU SAUVEUR

DRAME SACRÉ

PAR

L'abbé CHATELARD

PROFESSEUR AU PETIT SÉMINAIRE DE SAINT-NICOLAS DU CHARDONNET

PARIS

IMPRIMERIE P. FERON-VRAU

5, RUE BAYARD, 5

LA RÉSURRECTION
DU SAUVEUR

LA RÉSURRECTION DU SAUVEUR

DRAME SACRÉ

PAR

L'abbé CHATELARD

PROFESSEUR AU PETIT SÉMINAIRE DE SAINT-NICOLAS DU CHARDONNET

PARIS

IMPRIMERIE P. FERON-VRAU

5, RUE BAYARD, 5

PREMIÈRE PARTIE

AU SAINT-SÉPULCRE

Au milieu de la scène, la grotte du Saint-Sépulcre fermée par une
grosse pierre. Alentour veillent, le matin du dimanche de Pâques,
quatre soldats romains, Aulus, Vibius, Marcus et Decimus.

SCÈNE PREMIÈRE

LES QUATRE SOLDATS ROMAINS

AULUS.

A peine, sur les monts, semble poindre l'aurore ;
Avant qu'on nous relève, il faut une heure encore.

VIBIUS.

En cette belle nuit, sous la voûte des cieux,
Je me résignerais ! Mais il est ennuyeux
De ne pouvoir dormir !

MARCUS.

Eh ! prenons patience !
Rentrés à la caserne, on a la complaisance
De nous laisser en paix nous livrer au sommeil ;
Puis un repas solide..... un petit vin vermeil !.....

DECIMUS.

D'ailleurs, notre besogne est bientôt terminée ;
Ne commençons-nous pas la troisième journée
Depuis que, par la mort, le Christ fut emporté ?
Aujourd'hui même, on doit le voir ressuscité,
Comme il le prédisait ; sinon, sa prophétie
Ne nous semblera plus que triste facétie.

AULUS, *moqueur*:

Ressuscité? Vraiment! ce serait merveilleux!
Pour le bien mettre à mort, chacun fit de son mieux;
Le zèle des bourreaux le cloue, en conscience,
A la croix; puis, le soir, comble de défiance!
On craint de le compter, vivant, parmi les morts,
Et Longin doucement, tout au travers du corps,
Lui promène sa lance.

(Rires.)

MARCUS.

Oui, s'il en ressuscite,
Du coup, je conviendrai qu'il a bien du mérite!

VIBIUS.

Les siens, en le liant, non sans habileté,
Ont prévenu sa fuite, et, de chaque côté
Du cadavre, ils ont mis (les louer n'est que juste)
Cent livres de parfums! L'homme le plus robuste,
A moins, suffoquerait!

AULUS.

Pour lui faire envoler
Tout espoir, ils ont pris la peine de rouler
Jusqu'au sépulcre, afin de lui servir de porte,
Cette pierre, un joli morceau! de telle sorte
Qu'à peine l'ôteraient dix bras très vigoureux.

VIBIUS, *à Decimus.*

En un mot, de sortir du séjour ténébreux
On peut le défier.

DECIMUS.

Ses disciples, je pense,
Vont venir, en dépit de notre vigilance,
L'enlever du tombeau ; puis ils proclameront
Qu'il est ressuscité.

VIBIUS.

Tout doux ! ils trouveront
A qui parler !

(*Il brandit sa lance.*)

AULUS.

Venir ? ses disciples ? des pleutres
Qui, dès la première heure, ont fui, sont restés neutres
Quand on crucifiait leur saint Législateur !
Pour agir maintenant, trop vive est leur frayeur !

MARCUS, *grave.*

Il est mort, c'est bien vrai ! Chez les siens défiance,
Et de ressusciter, pour lui, nulle espérance !
Pourtant, c'était un juste, un homme sans pareil !

AULUS.

Peut-être ! Eh bien ! après ?

MARCUS.

Si le divin conseil
Est de glorifier un saint, si Dieu demeure
Avec lui, malgré tout, que dans l'opprobre il meure
Et soit enseveli, le roi du ciel pourra
Le tirer du tombeau !

AULUS, *moqueur*.

Quelle idée! Il faudra
Longuement constater le fait avant d'y croire!

VIBIUS, *de même*.

En attendant, ici, l'on gagne de quoi boire!
Bon service!

AULUS.

Excellent! Messieurs du Sanhédrin
Se montrent généreux! Il paraissait un brin
Les ennuyer, l'illustre et vertueux Prophète!

VIBIUS.

Oui, certe! il leur disait la vérité complète!

(*Rires.*)

AULUS.

Et le saint tribunal s'en est débarrassé
Par un bien rude effort : l'amour-propre blessé
Dispose aux noirs forfaits. Le plus gros sacrifice
Ne parut pas trop lourd, même à leur avarice!

DECIMUS, *grave*.

Pour moi, je ne vois point qu'ils soient si généreux,
Après tout! Notre poste est assez dangereux!

VIBIUS, *étonné*.

Dangereux? En quoi donc?

DECIMUS.

Eh ! faut-il vous le dire?
Cette nuit en plein jour..... quand la Victime expire,
Le Golgotha fendu..... ces morts qui, tout à coup,
Sortent de leur tombeau, prophétisent partout,
Cela vous semble-t-il naturel?

VIBIUS.

Non, sans doute.

DECIMUS.

Donc supposez que Dieu, de la céleste voûte,
Veuille à son serviteur faire un nom glorieux,
Qu'il lui prépare un grand triomphe; ou, disons mieux,
Supposez simplement quelque sorcellerie;
Que du Galiléen, de sa supercherie,
S'il n'était qu'un menteur, un démon très pervers
Désire profiter pour plonger l'univers
Dans l'erreur, dans l'effroi : que ne doit-on pas craindre
De sa part? Quels fléaux peut-être vont atteindre
Les malheureux qu'ici les Juifs ont envoyés?
Il vaudrait cent fois mieux pour nous, vous le voyez,
Avoir tranquillement regagné la caserne.

(Bruit terrible, tremblement de terre.)   Matth., xxviii,
                                                              2-4.

VIBIUS, *effrayé.*

Écoutez!

MARCUS, *de même.*

Bruit d'enfer!

DECIMUS, *de même.*

Il part de la caverne !

AULUS, *chancelant.*

Le sol tremble !

VIBIUS, *de même.*

O terreur !

TOUS.

Fuyons !

(*Le tombeau s'ouvre; un ange apparaît à l'entrée.*)

SCÈNE II

LES MÊMES, L'ANGE

VIBIUS.

Mais le tombeau

S'est ouvert !

AULUS.

Un esprit !

MARCUS.

Je suis mort !

(*Épouvantés, les gardes tombent.*)

L'ANGE.

Qu'il est beau,

Le triomphe du ciel !
(*Regardant les gardes couchés.*)
                    Pauvres gens ! Impuissante
Ici, la force humaine !
(*Il s'approche d'eux.*)
                    Allons ! plus d'épouvante !
Quittez ce lieu.
(*Les gardes se relèvent lentement.*)
                    Veillons à ne rien raconter
Que le miracle auquel Dieu nous fit assister.

AULUS, *relevé et tremblant.*

L'esprit !

VIBIUS, *de même.*

L'esprit nous parle !

DECIMUS, *de même.*

                    Oh ! c'est affreux !
(*Les quatre gardes s'enfuient ;
l'ange rentre au Saint-Sépulcre.*)

SCÈNE III

SAINTE MADELEINE, SAINTE MARIE, MÈRE DE SAINT JACQUES, SAINTE SALOMÉ
(*Elles portent des parfums et arrivent successivement.*)

SAINTE SALOMÉ, *à ses compagnes.*

(*Elle arrive la première,
en même temps que l'ange disparaît.*)
                    Courage !   Marc, xvi, 1-2.

Le bruit vient de cesser; approchons!

SAINTE MARIE.

Quel orage!
Mais la pierre? comment ferons-nous?

SAINTE MADELEINE, *très ardente.*

Essayons!
Je vous dis qu'à nous trois nous la détournerons,
(*Avec passion.*)
Quand j'y devrais mourir!

(*Elle s'avance.*)

SAINTE MARIE, *à sainte Salomé.*

Brave cœur! Sa faiblesse
S'oublie en un parfait dévouement!

SAINTE MADELEINE, *affolée.*

O détresse!
La pierre est écartée! Oublieux de l'honneur
Qu'on doit aux morts, ils ont enlevé le Seigneur!
Vite, il faut avertir tous les siens!
(*Elle court vers Jérusalem.*)

Marc, xvi, 4, et Jean, xx, 1-2.

SCÈNE IV

SAINTE MARIE, SAINTE SALOMÉ, L'ANGE

SAINTE MARIE, *appelant.*

Madeleine!

(*A sainte Salomé.*)

Comme elle court!

(*Appelant de nouveau.*)

Marie!

(*A sainte Salomé.*)

Et sans prendre la peine
De rien examiner!..... Salomé, pénétrons
Dans la grotte; en détail, autant que nous pourrons,
Il faut tout voir.

Marc.XVI,5-8;
et Matth.,
XXVIII, 5-8.

SAINTE SALOMÉ.

Grand Dieu! qu'un tremblement de terre
Est horrible!.... Et ce gouffre!.... On dirait un cratère!.....
Quel bouleversement!

SAINTE MARIE.

C'est effroyable!..... Entrez!

(*Avec épouvante.*)

Un ange!.....

SAINTE SALOMÉ, *de même.*

O ciel!.....

(*Elles reculent.*)

L'ANGE, *sortant du tombeau.*

Sans crainte en ce lieu pénétrez.
Vous cherchez, je le sais, Jésus, votre doux Maître,
Jésus de Nazareth, qui, livré par un traître,
A péri sur la croix. Mais il n'est plus ici;
Il est ressuscité!..... Du tombeau que voici
Ne vous éloignez pas!

(Elles s'approchent en tremblant.)
         C'est là qu'un tendre zèle
L'avait caché..... Portez aux vôtres la nouvelle,
A Jean qu'il chérissait, à Pierre tout d'abord :
Il vit, après avoir pour vous subi la mort.
Il vous précédera bientôt en Galilée,
Comme il vous l'a prédit. Prenez votre envolée,
Fortes de sa promesse, et là, vous le verrez.
Fidèle est mon avis, vous le reconnaîtrez.

SAINTE MARIE, *à sainte Salomé.*

O Salomé, fuyons, ou de terreur j'expire !

SAINTE SALOMÉ.

Fuyons !
     (Elles s'enfuient, mais non vers la ville.)

SCÈNE V

L'ANGE, PUIS PLUSIEURS AUTRES

(L'ange, regardant fuir les deux saintes femmes.)

         Course au hasard ! épouvante ! délire !
A ses enfants chéris faut-il que le Seigneur,
Quand il vient les sauver, cause tant de frayeur !

(Plusieurs autres anges l'entourent ; il chante.)

         Ce n'est plus le temps des alarmes ;
         Tristes mortels, séchez vos larmes !
         Jésus, du trépas triomphant,
         Du trépas aussi vous défend.

Refrain *chanté par tous les anges.*

Célébrons sa victoire!
Amour, honneur et gloire!
Vivant reparaît à nos yeux
Le Vainqueur des enfers, le Souverain des cieux.

Le premier ange *chante.*

Vous étiez, ô peuple rebelle,
Voués à la peine éternelle;
Par sa mort, il vient acquitter
Votre dette et vous racheter.

Refrain *chanté par tous.*

Célébrons, etc.....

Le premier ange *chante.*

Pour les anges, grande est la joie
Que ce jour béni leur envoie;
Car vous nous revenez vainqueur,
O Dieu, l'amour de notre cœur!

Refrain.

Célébrons, etc.....

Le premier ange, *aux autres.*

Retirons-nous.

(*Regardant les apôtres qui arrivent.*)
Deux saints gravissent le Calvaire,
L'un, Vicaire du Christ, l'autre, à la Vierge-Mère
Tient lieu de fils..... Approche, apôtre bien-aimé!.....
Viens, Pierre! au repentir le ciel n'est pas fermé.

(*Les anges rentrent au Saint-Sépulcre et en
même temps arrive saint Jean.*)

2

SCÈNE VI

SAINT PIERRE, SAINT JEAN

SAINT JEAN, *accourant.*

Jean,xx,3-10. Elle a raison ! le sol a dû trembler ! la Tombe
Est ouverte !.... Oh ! vraiment de surprise je tombe !.....
               (*Il regarde à l'intérieur.*)
Ces linges, que l'on a repliés à loisir !.....
Le suaire !..... Accourez, Céphas !..... Je crois saisir.....

SAINT PIERRE, *essoufflé.*

J'arrive !..... Ah ! l'on vieillit !..... je ne suis plus agile
Comme toi !..... Qui te rend, mon fils, si peu tranquille ?

SAINT JEAN.

Doux espoir ! le Seigneur semble ressuscité !

SAINT PIERRE.

Que dis-tu !

SAINT JEAN.

        Voyez donc ! On n'a point emporté
Son corps !..... Voleurs ont-ils pareille exactitude ? (1)

SAINT PIERRE, *après avoir regardé du dehors.*

C'est vrai !... Mais j'entre : il faut une plus longue étude !...
(*Il entre seul au Saint-Sépulcre et en sort après
    quelques instants ; saint Jean le suit, mais reste
    visible aux spectateurs et sort le premier.*)

(1) Variante : .....Pour des voleurs, c'est trop d'exactitude !

(Lent et grave.)
Devant tous ces bandeaux repliés avec soin,
Et, de l'autre côté, ce suaire en un coin,
Comme toi, je conclus : Jésus s'éveille ! il dompte
La mort ! Vers nous, vainqueur des enfers, il remonte .

SAINT JEAN.

Ne l'a-t-il pas prédit ? C'est le troisième jour !

SAINT PIERRE.

Que mon âme, ô grand Dieu ! soit à vous sans retour !...
Mais courons informer sa vénérable Mère,
André, tous nos amis !

SAINT JEAN.

Mes parents et mon frère !

— — —

SCÈNE VII

SAINTE MADELEINE, PUIS DEUX ANGES, PUIS JÉSUS

SAINTE MADELEINE, *entrant sans voir les apôtres
ni en être vue.*

D'écouter ma parole ils ont tous refusé !   Jean.XX,11-17
Céphas et Jean, bien vite, auront désabusé,
Je l'espère, des cœurs troublés et lents à croire.
Mais, de la part des Juifs, cette malice noire,
Comment la souffrirai-je ?..... Ils ont donc emporté
Mon Seigneur !..... Conçoit-on pareille cruauté ?

Ils ne me laissent point sa dépouille si chère,
Pour y venir pleurer!..... Maintenant, sur la terre,
Que vais-je devenir? Pauvre Marie, hélas!
Que n'as-tu partagé ses tourments, son trépas!
    (Elle éclate en sanglots,
  s'incline et regarde dans le Saint-Sépulcre.)
Mais j'aperçois, assis près de l'entrée, un ange
Vêtu de blanc!... Un autre est au fond!... La phalange
Des bienheureux esprits vient-elle aider ma foi?.....
Ils se lèvent tous deux!..... Ils s'avancent vers moi!.....

   Un ange, *sortant du Saint-Sépulcre.*

Femme, pourquoi ces pleurs?

    L'autre ange, *de même.*

    Que voulez-vous?

    Sainte Madeleine.

       Mon Maître!
Ils me l'ont enlevé! Je ne sais où peut être
Son corps!.....
(A part, apercevant Jésus sans le reconnaître.)
   Ah! le gardien?..... Quelque autre serviteur?

    Jésus.

Femme, pourquoi pleurer? Qui cherchez-vous?
  (Les anges se retirent au Saint-Sépulcre.)

    Sainte Madeleine.

       Seigneur,
Si c'est par vous qu'il a disparu, daignez dire

Où vous l'avez caché!..... Grâce! veuillez souscrire
A ma prière!..... Un vol? Que vous a-t-il servi?
L'objet de ma douleur, me l'avez-vous ravi?
Laissez-le-moi reprendre! Oh! je veux être forte!
Rien ne peut empêcher que seule je l'emporte!

JÉSUS.

Marie!

SAINTE MADELEINE, *se jetant à ses pieds.*

O Maître!

JÉSUS, *touchant de l'index
le front de sainte Madeleine agenouillée.*

Non, non! ne me touche pas! (1)
Là-haut d'abord je dois remonter. De ce pas,
A mes frères va dire: « Écoutez votre Frère;
Je retourne à mon Père, au ciel, à votre Père,
A mon Dieu, votre Dieu! Pour me voir, allez tous (2)(183) 1ᵉʳ répons du
3ᵉ noctur-
Aux monts de Galilée. »   ne, jeudi de
Pâques.

(1) Variante:

JÉSUS.

Marie!

SAINTE MADELEINE.

O mon Seigneur!

JÉSUS.

Non! ne me touche pas!

(2) Variante plus conforme au saint Évangile (*Jean*, xx, 17):

A mon Dieu, votre Dieu! Là je veux à vous tous
Préparer une place.

SAINTE MADELEINE, *se relevant.*

Obéir m'est bien doux!

Sainte Madeleine, *se relevant.*

Obéir m'est bien doux !
*(Jésus disparaît; sainte Madeleine se retire sans voir
les personnages de la scène suivante ni en être vue,
bien qu'ils arrivent immédiatement.)*

SCÈNE VIII

SAINTE MARIE, MÈRE DE SAINT JACQUES, SAINTE SALOMÉ, SAINTE JEANNE, ÉPOUSE DE CHUSA, ET QUELQUES AUTRES SAINTES FEMMES

(Elles portent des parfums.)

Sainte Marie, a sainte Jeanne.

Luc, XXIV, 1-9. Voilà ce qu'il nous dit, Jeanne, l'esprit céleste.

Sainte Salomé.

Nous en tremblons encor !

Sainte Jeanne.

Bien loin que je conteste,
A vos discours, j'éprouve un invincible effroi,

Sainte Marie.

Peut-être l'allez-vous rencontrer, comme moi;
Venez quand même ! Il n'est pas méchant.

Sainte Salomé.

Je frissonne!

Sainte Marie, *à l'entrée du Saint-Sépulcre.*

Saint Tombeau, je te vois, mais en vain : plus personne!

Sainte Salomé.

Divin Messie! hélas!

Sainte Jeanne.

Jésus! où vous chercher?

Sainte Marie, *effrayée.*

Ah! voici l'ange!

Sainte Salomé.

Un autre!

(Elles reculent et veulent fuir.
Les deux anges sortent du tombeau.)

Un ange.

Il ne faut point cacher
Vos visages ni fuir. Trouve-t-on, ignorantes,
Un vivant chez les morts? Vous regardez tremblantes
Le Sépulcre où dormit trois jours le Fils de Dieu!
Mais il ne devait pas demeurer en ce lieu!
Par sa volonté seule il s'est rendu la vie;

Son âme au noir séjour n'était point asservie ;
Quand vint l'heure, en son corps elle sut bien rentrer.

L'AUTRE ANGE.

C'est aujourd'hui le temps de vous remémorer
Ce qu'il disait : « L'enfer vainqueur ! le Fils de l'homme
Aux fureurs des méchants abandonné ! Tout comme
Le plus vil criminel, il sera mis en croix ;
Innocent, il mourra sur cet infâme bois ;
Mais, le troisième jour, de ses voiles funèbres,
Il sortira ; par lui, les démons, les ténèbres
Bien loin vont fuir ; et, quand il ressuscitera,
Mortels, à vivre aux cieux il vous appellera. »
Venez, voyez, sans hâte, où fut sa sépulture ;
Là, des infirmités de l'humaine nature
Pour vous il a voulu triompher.

(Les saintes femmes entrent quelques instants
dans le Saint-Sépulcre, puis en sortent.)

LE PREMIER ANGE, *qui est resté dehors.*

Maintenant

Partez vite, annoncez l'illustre événement
A son troupeau craintif, demain vaillante armée.
Il a quitté vivant sa tombe encore fermée ;
En les pays lointains il vous précédera ;
Longtemps sur les hauteurs la foule le verra.
Comme il vous l'a prédit, ainsi je vous l'annonce.

(Les anges se retirent au Saint-Sépulcre.)

SCÈNE IX

LES SAINTES FEMMES

Sainte Jeanne.

Les anges ont parlé : conforme est leur réponse
A ce que nous disait le Seigneur autrefois.

Sainte Marie.

Nous avions tout à l'heure entendu cette voix (1)
Angélique, nous deux ;
        (Elle désigne sainte Salomé.)
          Mais une peur terrible
Avait rendu pour nous l'ordre inintelligible ;
Alors qu'il eût fallu promptement obéir,
Stupides de frayeur, nous ne sûmes que fuir.

Sainte Salomé.

Oui, nous avons eu tort. Ne devions-nous pas croire,
Et porter aussitôt de l'illustre victoire
La nouvelle au Cénacle? Allons donc réparer
Notre faute; allons donc sans retard éclairer
Les amis de Jésus, leur mettre confiance
Et joie au cœur.

    (Elles se dirigent vers Jérusalem.)

(1) Variante :
Un ange avait aussi fait entendre sa voix,
Tout à l'heure, à nous deux.

SCÈNE X

LES MÊMES, JÉSUS

JÉSUS, *les arrêtant.*

Ma paix soit votre récompense!

Matth., xxviii, 9-10.

SAINTE MARIE.

C'est le Seigneur!

SAINTE SALOMÉ.

O Maître!

SAINTE JEANNE.

Oh! nous vous adorons!
(*Toutes se prosternent et lui baisent les pieds.*)

SAINTE MARIE.

De plaisir et de crainte à vos pieds nous mourons!

JÉSUS.

Du calme!..... en Galilée à mes frères j'ordonne
      (*Elles se relèvent successivement.*)
De partir sur-le-champ. Qu'il n'y manque personne;
Là je me montrerai.

SAINTE MARIE.

Seigneur, soyez béni!
Vous revoir est pour nous le bonheur infini.
    (*Jésus disparaît, les saintes femmes s'éloignent;
    les anges reviennent comme à la scène V.*)

SCÈNE XI

LES ANGES CHANTENT

LE PREMIER ANGE, *seul.*

Partez, célestes messagères ;
Allez, radieuses, légères,
Dire aux disciples de Jésus :
« Le Seigneur vit ! Ne tremblez plus ! »

REFRAIN *chanté par tous les anges.*

Célébrons sa victoire !
Amour, honneur et gloire ;
Vivant reparaît à nos yeux
Le Vainqueur des enfers, le Souverain des cieux !

LE PREMIER ANGE *chante.*

Ils ne vous croiront pas encore ;
Mais le soleil, après l'aurore,
Parmi ces ténèbres luira :
Jésus lui-même apparaîtra.

REFRAIN *chanté par tous.*

Célébrons, etc.....

LE PREMIER ANGE *chante.*

Apôtres, remplis d'allégresse,
De foi, d'espoir et de tendresse,
A Jésus livrez votre sort ;
Prêchez son Nom jusqu'à la mort.

REFRAIN *chanté par tous les anges.*

Célébrons, etc.....

DEUXIÈME PARTIE

AU CÉNACLE

SCÈNE PREMIÈRE

SAINTE MADELEINE ET HUIT APÔTRES :
SAINT ANDRÉ, SAINT JACQUES LE MAJEUR,
SAINT JACQUES LE MINEUR ET SAINT JUDE,
SAINT PHILIPPE, SAINT MATTHIEU,
SAINT BARTHÉLEMI, SAINT SIMON
LE CHANANÉEN

SAINTE MADELEINE.

Frères, pourquoi douter? Ne pourriez-vous me croire?
Je l'ai vu..... de mes yeux; je garde en ma mémoire
L'ordre des plus formels qu'il m'a donné pour vous (1).

Marc. XVI, 10-11, et Luc, XXIV, 9-11.

UN APÔTRE.

Nos cœurs, bonne Marie, à cet espoir si doux   (252)
Pourraient-ils se livrer sans preuve irrésistible.....
(La regardant de plus près.)
Que vois-je? avez-vous fait quelque chute terrible?
Ce pli, sur votre front, quel choc l'a pu creuser?

SAINTE MADELEINE.

C'est lui! (vous le voyez, je ne puis m'abuser;)
Oui, lui-même, arrêtant ma fougue impétueuse,

(1) Variante faisant suite à celle du vers 183 :
Le message d'amour qu'il m'a donné pour vous.

Quand je me prosternais, fervente et bienheureuse,
Pour le glorifier, l'adorer, sur mon front
Il a posé le doigt : « Attends, les jours viendront,
Dit-il ; au ciel bientôt tu me verras, Marie ;
Ton Dieu, tu le pourras connaître en la patrie
Et sans fin le chérir. » Il m'a daigné laisser
Un signe ; oh ! puisse-t-il ne jamais l'effacer !

DIVERS APÔTRES, *entre eux.*

Amas incohérent de bizarres chimères !
— Fièvre ou folie.....

    — Erreurs, visions mensongères.....

L'APÔTRE, *qui a prononcé les vers 252 à 255.*

Ce matin, elle a cru qu'on l'avait enlevé ;
Ce soir, elle s'enflamme et croit l'avoir trouvé.
Il a parlé ; du moins, elle se l'imagine ;
Et nous communiquer la céleste doctrine
Lui paraît un devoir.
  (A sainte Madeleine.)
    Grand merci, chère sœur ;
Le temps nous apprendra peut-être du Seigneur
Ce qu'il est advenu.

SAINTE MADELEINE, *triste.*

Déplorable malice !
Du Maître il faut pourtant que l'ordre s'accomplisse ! (1)

(1) Variante faisant suite à celle du vers 183 :
  (A part.)
Pour que ma mission cependant s'accomplisse,
Quel parti prendre ?..... etc.

(*A part.*)
Quel parti prendre?..... Auprès de sa Mère attendons;
Ses conseils inspirés ou quelques nouveaux dons
De la grâce divine, en cette grave affaire,
Nous viendront indiquer ce que nous devons faire.
> (*Elle se dirige vers la chambre
> de la Très Sainte Vierge.*)

SCÈNE II

LES HUIT APOTRES

Un apotre.

Pauvre folle!... et c'est grand dommage! Un si bon cœur!

Un autre.

La Mère de Jésus va calmer son ardeur;
Si la raison lui manque, elle peut la lui rendre.
> (*On frappe trois coups légers à la porte.*)

Un autre.

Qu'est-ce donc? à la porte on vient, je crois, d'entendre
Trois coups discrets : voyons.
> (*Il va ouvrir.*)

SCÈNE III

LES MÊMES ET TOUTES LES SAINTES FEMMES
DE LA SCÈNE VIII DE LA PREMIÈRE PARTIE

Sainte Marie, *mère de saint Jacques.*

Salut, frères en Dieu !   Luc, xxiv, 9-11

3

SAINT ANDRÉ.

Chères sœurs, que le ciel vous protège ! En ce lieu,
Séjour de la douleur, votre amitié fidèle
Nous apporte peut-être une heureuse nouvelle,
Car vos fronts, vos regards, rayonnent de bonheur.

SAINTE MARIE.

C'est le temps de la joie, en effet : le Seigneur
Vient de ressusciter ! Nous l'avons vu, lui-même !

UN APOTRE.

Le Christ ? Vous l'auriez vu ? Ma surprise est extrême !

UN AUTRE.

Qui l'a vu, parmi vous ?

PLUSIEURS SAINTES FEMMES.

Nous toutes à la fois !

SAINTE MARIE, *seule*.

Sur la route, à trois pas du tombeau.

L'APOTRE INCRÉDULE, *à son voisin*.

Si j'y crois,
A cette vision commune et merveilleuse !

SAINTE SALOMÉ.

Et chacune de nous fut même assez heureuse
Pour baiser en tremblant ses pieds encore marqués
De la trace des clous. Ils y sont indiqués
Par une très visible et large cicatrice.

L'APOTRE INCRÉDULE, *aux autres.*

Que soupçonnerons-nous? Esprit faible? artifice?

SAINTE JEANNE.

Et même il a daigné nous dire quelques mots,
Calmer notre frayeur, nous souhaiter repos
Et douce paix. De lui nous avons un message
A vous transmettre.

L'APOTRE INCRÉDULE, *aux autres.*

Encor! Leur entente est peu sage!
(*A sainte Jeanne, avec ironie.*)
Sur l'heure, en Galilée il va falloir partir,
N'est-ce pas (1)?

SAINTE JEANNE.

Justement nous venons avertir
Qu'en ce pays bientôt vous le verrez.

L'APOTRE INCRÉDULE.

Marie-
Madeleine, avec vous, dites-moi, je vous prie,
D'avance a composé ce discours?

(1) Variante faisant suite à celle du vers 183 :
        (*A sainte Jeanne.*)
Quel est-il?
                SAINTE JEANNE,
        De sa part nous venons avertir
Qu'aux monts de Galilée il vous faut tous partir,
En ce pays bientôt vous le verrez.

SAINTE JEANNE, *étonnée.*

Quelle erreur !

SAINTE MARIE.

Il n'en est rien !

SAINTE SALOMÉ.

C'est faux ! Quand parut le Sauveur,
Nous n'avions point Marie avec nous sur la route.

L'APOTRE INCRÉDULE, *aux autres.*

Je les crois volontiers sincères ; mais je doute
Que jamais de folie un cas plus curieux,
Si nous vivons cent ans, se présente à nos yeux !
Ainsi toutes ont cru, par une erreur semblable,
Voir le Maître, l'entendre ; et le plus admirable,
C'est que, sur tous les points, leur longue illusion (1)
Reproduit la naïve hallucination
De Madeleine !

SAINTE MARIE.

Enfin, le Seigneur vous commande !
Pouvez-vous différer d'obéir ?

L'APOTRE INCRÉDULE.

On demande,
Avant que de partir, des signes plus certains.

(1) Variante faisant suite à celle du vers 183 :
C'est qu'en tout, peu s'en faut, leur longue illusion

Un autre.

Oui, ceux qu'on nous présente... erreurs et songes vains !

Plusieurs saintes femmes *désolées.*

Est-il possible !

SCÈNE IV

LES MÊMES, LA TRÈS SAINTE VIERGE, SAINTE MADELEINE

La Très Sainte Vierge, *aux saintes femmes.*

A vous la paix, âmes bien chères !

Sainte Marie, *mère de saint Jacques.*

Mère sainte, au secours ! Des puissances contraires
Surgissent devant nous !

La Très Sainte Vierge.

Qu'est-ce donc ?

Sainte Marie.

Votre Fils
Adoré, triomphant du trépas, je le dis
En toute vérité, vient de nous apparaître
Quand nous quittions sa tombe ; il nous a fait connaître
Qu'en Galilée il veut tous les siens appeler
Et sur une montagne à tous se révéler ;
Et ceux qu'il a choisis, qu'il nomma ses apôtres,
Refusent de nous croire et d'obéir !

L'APOTRE INCRÉDULE.

                         Tout autres
Doivent être, et plus clairs, les divins arguments,
Pour nous faire accepter de tels événements!

LA TRÈS SAINTE VIERGE, *aux apôtres.*

A leurs assertions pourquoi ne pas vous rendre?
Elles vous font, ainsi que Madeleine, entendre
Un rapport très exact, plein de sincérité.
Pour mon Fils, plus d'opprobre! il est ressuscité!
Volez au rendez-vous lointain qu'il vous assigne;
Là vous le reverrez par un miracle insigne.

SAINT JACQUES LE MINEUR.

Mais comment se fait-il, ô Mère de Jésus!
Vous? croire à ces récits puérils, mal conçus?

SAINT ANDRÉ.

Pourquoi subitement avoir séché vos larmes?
Vous semblez de la paix goûter les plus doux charmes;
Quelle joie imprévue on devine en vos yeux!

LA TRÈS SAINTE VIERGE.

C'est qu'à l'aurore il est sorti victorieux
Du tombeau, le divin Sauveur qui, pour ses frères,
A bien voulu subir des douleurs trop amères
Jusqu'à la mort. Ce jour, comme il l'avait prédit,
Le ramène vivant.

SAINT JACQUES LE MINEUR.

Je demeure interdit!

Ai-je bien entendu? Vous, Mère toujours sage,
Joignez un très puissant, très grave témoignage
A ceux que j'accueillais avec dérision?
Mais d'où vient, dites-moi, votre conviction?
Sur quoi la fondez-vous? Sur la seule parole
De nos sœurs, dont la foi nous semble presque folle?...

Saint André.

Ou bien, vous, sainte Mère, auriez-vous, ce matin,
Vu ce Fils bien-aimé dont, comme un fait certain,
Vous affirmez si haut le retour à la vie?

La Très Sainte Vierge, souriant.

Un peu de patience! à votre âme ravie
Apparaîtront bientôt les célestes clartés.
Venez chez moi, mes sœurs; en détail racontez,
    (Aux saintes femmes.)
Redites à mon cœur les divines merveilles
Dont vous fûtes témoins; ces douceurs sans pareilles,
Ensemble, dans la paix et l'amour, longuement
Nous les savourerons.
(La Très Sainte Vierge emmène chez elle
toutes les saintes femmes.)

SCÈNE V

LES HUIT APOTRES

Saint André.

    Quel profond changement

Chez la Mère du Christ aujourd'hui ! Je m'étonne
De son calme joyeux ; sa fermeté me donne
Espérance. Hier encor, sa muette douleur
D'une immense pitié remplissait notre cœur.

SAINT JACQUES LE MINEUR.

Oui, tout fait pressentir la vision céleste ;
Notre sainte a reçu la lumière et l'atteste,
Sans juger opportun de nous rien expliquer.....
(Coups répétés à la porte.)
Mais on frappe.
(A saint Jacques le Majeur qui va ouvrir.)
Ayez soin de longtemps remarquer
La voix du visiteur.
(Quelques instants de silence.)

<hr>

SCÈNE VI

LES MÊMES, SAINT PIERRE, SAINT JEAN

SAINT JACQUES LE MAJEUR, qui a ouvert.

Céphas, avec mon frère,
De retour.

SAINT PIERRE ET SAINT JEAN.

Dieu vous garde !

PLUSIEURS APOTRES.

A vous un sort prospère !

SAINT ANDRÉ, *à son frère.*

Quoi de nouveau?

SAINT PIERRE, *grave.*

Triomphe! il est ressuscité!

PLUSIEURS APOTRES.

Vraiment?

SAINT PIERRE.

Au Tombeau, rien! nous l'avons constaté;
Tous les linges, à part, une main diligente
Les a paisiblement repliés.

SAINT JACQUES LE MINEUR, *aux autres apôtres.*

Surprenante
Est la précaution! N'en concluez-vous pas
Qu'un fait surnaturel dut se passer là-bas?

SAINT JACQUES LE MAJEUR, *à son frère.*

Le Seigneur, tu l'as vu?

SAINT JEAN.

Moi, point du tout! Mais Pierre
Dit que, d'une entrevue aimable et familière,
En secret, le Seigneur a daigné l'honorer.

SAINT ANDRÉ.

Pierre, serait-ce exact?

SAINT PIERRE, *grave et humble.*

Oui, j'ai pu l'adorer,

Lui demander pardon ! Tendresse paternelle !
Il veut bien oublier ! Une peine éternelle
Restera dans mon cœur ! Moi, jamais nul pardon
Je ne m'accorderai ! Pour le Maître si bon,
Avec moi soyez tous pleins de reconnaissance.

SAINT JACQUES LE MINEUR.

Ton discours chasse au loin la triste défiance
Dont nous étions remplis. Ce n'est plus maintenant
Une rêveuse étrange, à l'air extravagant,
Ou bien quelque autre femme haletante et troublée
Qui, du Tombeau désert, est vers nous arrivée
Et nous vient raconter ses sombres visions.
Fait nouveau : pour garant des apparitions,
Nous avons notre Chef ! Calme, grave, sévère,
Il parle avec le Christ ! la preuve devient claire ;
Désormais, il sera malséant d'hésiter ;
Le Sauveur, mort pour nous, vient de ressusciter !

SAINT PIERRE.

De suite en Galilée il va falloir nous rendre ;
Le Maître nous convoque ; il doit nous faire entendre,
Sur les monts, loin du bruit, la volonté des cieux.

UN APÔTRE.

Oui, certes, nous irons, dociles et joyeux.

UN AUTRE.

C'est ce que nous disait Madeleine la sainte.

UN AUTRE.

Elle et toutes nos sœurs, qui, d'une tendre plainte,

S'efforçaient de guérir notre incrédulité.

SAINT JACQUES LE MAJEUR.

Avec quelle assurance et quelle autorité
La Mère de Jésus nous commandait encore
D'obéir à son Fils !

SAINT JEAN.

Et je me remémore
Que lui-même a prédit ces signes éclatants :
« Je mourrai sur la croix; lorsqu'un assez long temps
Sera passé, des morts je quitterai l'empire;
Vous verrez le triomphe auquel votre âme aspire;
En Galilée alors je vous rassemblerai;
Dans le chemin du ciel je vous dirigerai. »

SAINT PIERRE.

Monte vers le Très-Haut, louange solennelle !
Père, Verbe, Esprit-Saint, à vous gloire immortelle !
(Plain-chant des Vêpres du Samedi-Saint.
Tous les apôtres chantent trois fois : Alleluia.)

SAINT PIERRE.

Laudate Dominum, omnes gentes; laudate eum,
omnes populi.

TOUS LES APOTRES.

Quoniam confirmata est super nos misericordia
ejus, et veritas Domini manet in æternum.

SAINT JEAN.

Gloria Patri, et Filio, et Spiritui Sancto.

TOUS LES APÔTRES.

Sicut erat in principio, et nunc, et semper, et in sæcula sæculorum. Amen. Alleluia, trois fois.

SAINT PIERRE, *examinant les apôtres assemblés.*

Mais... quelqu'un manque ici !... Thomas, où donc est-
[il? (1)   (419)

SAINT ANDRÉ.

Thomas, comme nous tous, dès le premier péril,
S'est enfui ; depuis lors, de ses frères personne
Ne l'a revu ; je crois qu'il rêve et s'abandonne
Au doute, à la tristesse amère, au désespoir ;
Dès que sa foi chancelle, à ses yeux tout est noir.

---

(1) Saint Luc, XXIV, 33, dit que les disciples d'Emmaüs trouvèrent LES ONZE rassemblés. Si l'on prend cette expression dans toute sa rigueur, bien que cela ne me paraisse nullement obligatoire, l'absence de saint Thomas doit être limitée entre le départ de ces deux disciples, fin de la scène VIIᵉ, et le départ de Jésus après la scène IXᵉ.

En ce cas, les vers 419 à 431 seraient remplacés par ce vers unique :

> (*Coups répétés à la porte ; un apôtre va ouvrir.*)
>
> SAINT PIERRE, *étonné.*

A cette heure ?..... Qui donc vers nous porte ses pas ?

De plus, on attribuera à saint Thomas toutes les paroles de l'apôtre incrédule ou défiant, à savoir :

Scène Iʳᵉ : vers 252 à 255, 267 à 273.

Scène IIᵉ : vers 279.

Scène IIIᵉ : vers 291, 292 et 293, 298, 302 à 304, 305 à 307, 310 à 317, 318 et 319.

Scène IVᵉ : vers 330 à 332.

Scène VIIᵉ : vers 446 et 447, 456 et 457, 458 et 459, 465 et 466, 468, 566 à 570, 574 et 575, 582 et 583, 585.

Scène VIIIᵉ : vers 600 à 604, 614 à 623, 627 à 630.

SAINT PIERRE.

Ne vaudrait-il pas mieux, ici, dans la prière,
Implorer humblement la céleste lumière,
Avec nous tous, avec la Mère du Sauveur?
Il garderait le calme, éviterait l'erreur;
Maintenant renaîtrait la plus vive allégresse,
Pour lui comme pour nous.
            (Coups répétés à la porte.)
                        On frappe! qui s'empresse
A cette heure?
                (Un apôtre va ouvrir.)

SAINT ANDRÉ.

Espérons; ne reviendrait-il pas? (1)

SCÈNE VII

LES MÊMES, CLÉOPHAS OU CLÉOPAS
ET SIMON (2) D'EMMAUS

CLÉOPHAS.

Puisse régner en vous la paix !

SAINT PIERRE.

                        C'est Cléophas
Et Simon d'Emmaüs! Amis, nos cœurs débordent
De joie; avec nos chants que les vôtres s'accordent!

Luc. XXIV,
13-35.

(1) Variante : Espérons; c'est peut-être Thomas.
(2) Je donne au second disciple d'Emmaüs le nom de Simon, parce
qu'une tradition dont j'ignore la valeur le lui attribue.

Aux démons, quelle rage! aux élus, quel bonheur!
Il est ressuscité, le divin Rédempteur!

CLÉOPHAS, *étonné.*

Vous le savez déjà?

SAINT JEAN.

Luc, xxiv, 34.

Sans doute! Simon-Pierre
L'a vu ce matin même, et, faveur singulière!
Le Seigneur a daigné longtemps l'entretenir.

CLÉOPHAS.

Chers amis, gloire à Dieu! Mais nous, à le bénir,
Venons vous exciter par une autre nouvelle
Tout aussi consolante: à notre âme rebelle,
Comme à vous, Simon-Pierre, aujourd'hui le Sauveur
A voulu se montrer, enflammer notre ardeur;
A nous aussi, longtemps la céleste parole
S'est fait entendre.

UN APOTRE.

A vous aussi?

UN AUTRE, *défiant, à mi-voix, à son voisin.*

Songe frivole
Ou miracle?

LE VOISIN, *à mi-voix.*

Écoutons!

CLÉOPHAS, *s'asseyant.*

Tristes, vers Emmaüs

Depuis Jérusalem nous revenions. Jésus
Occupait notre esprit. C'était la neuvième heure,
Et, tout en regagnant notre pauvre demeure,
Ensemble on revoyait les sombres incidents
De ces terribles jours. Après quelques moments,
De nous un étranger, d'air grave et respectable,
S'approche; il nous salue, et, souriant, aimable,
Près de nous, aussitôt, commence à cheminer.

UN APOTRE.

Étranger? A l'instant, vous sûtes deviner
Qui c'était? Vous avez bien dû le reconnaître?

CLÉOPHAS, *étonné*.

Le reconnaître?..... Non !

LE MÊME APOTRE.

Ce n'était point le Maître
Alors, puisqu'à vos yeux il restait inconnu?

CLÉOPHAS.

C'était lui, sûrement; notre esprit prévenu,
Plein de trouble, ne put d'abord de son visage
Distinguer tous les traits: je ne sais quel mirage
Nous trompait; mais, plus tard, vous verrez que nos yeux
Dessillés, clairvoyants, le reconnurent mieux.

LE MÊME APOTRE, *très défiant*.

Il est fort singulier, ce début! Mais quand même!
Nous vous écouterons jusqu'au bout!

SIMON D'EMMAUS, *intervenant.*

Anathème
Sur nous si nous changions rien à la vérité !

LE MÊME APOTRE, *défiant.*

Soit !

SIMON *continue le récit.*

Le voyageur dit avec autorité :
« De quoi conversez-vous en marchant? La tristesse
Est peinte sur vos fronts ! Votre sort m'intéresse.
Auriez-vous éprouvé quelque insigne malheur?
Étonné, Cléophas répondit : « La douleur
Qu'un premier examen, noble étranger, révèle
A votre sympathie, hélas! comment peut-elle
(1) Pour vous être un mystère? Avez-vous de ces lieux   (475)
Vécu si loin, durant l'orage furieux
Qui, dans ces derniers jours, fondit sur la Judée,
Que des événements vous n'ayez nulle idée
Et qu'à l'affliction de tous les gens de bien,
Vous restiez stupéfait, sans y comprendre rien? »

CLÉOPHAS *continue le récit.*

« De quels événements? Narrez-moi vos misères,
Répond le voyageur. Si ce sont des mystères,

----

(1) Abrégé des vers 475 à 481 :
Pour vous être un mystère? Et cet événement
Si grave, pouvez-vous l'ignorer un moment?

CLÉOPHAS *continue le récit.*
Quel événement donc? Narrez-moi vos misères,

Veuillez les expliquer. — Ami, reprit Simon,
De Jésus n'avez-vous jamais ouï le nom?
(1) De ce Galiléen si doux, de ce prophète,   (485)
Nul ne vous a parlé?..... Jérusalem répète,
Avec Jérusalem redit tout Israël
Ses actes, sa doctrine! Oui, devant l'Éternel,
Devant tous, un pouvoir merveilleux et sublime
Semblait agir par lui..... Dieu le prend pour victime!
Aux prêtres il permet de le saisir! D'abord,
Au Sanhédrin, ils l'ont jugé digne de mort;
Ensuite, par leurs cris, malgré sa conscience,
Ils ont réduit Pilate à porter la sentence
D'élever, ô forfait! cet innocent en croix.
Longtemps nous l'avions cru : le ciel avait fait choix
De lui pour délivrer du joug des infidèles
Son peuple malheureux. Espérances si belles,
Rêve menteur! On sait que le troisième jour
(2) Doit, comme il l'a prédit, le tirer du séjour   (500)
Des morts, à ses enfants le rendre plein de vie;
Mais ce troisième jour s'enfuit. Reste asservie
Pour jamais aux Césars, misérable Sion !
Car ton Dieu n'a de toi nulle compassion! »

(1) Abrégé des vers 485 à 495 :
Naguère à tous les yeux, la céleste puissance
Semblait agir par lui; pourtant la Providence
A permis d'élever cet innocent en croix.
(2) Abrégé des vers 500 à 505 :
Doit l'arracher vivant au funèbre séjour;
Mais le temps passe en vain! »

SIMON continue le récit.

Lui reprend la parole.....

4

Simon *continue le récit.*

Tels étaient nos discours. Lui reprend la parole,
Tendre et grave à la fois, nous blâme et nous console :
« S'il devait, à la fin de la troisième nuit,
Revivre, à son Tombeau ne s'est-il rien produit?
— Non, rien que nous sachions... Il est vrai que des femmes,
Parmi nous, ont semé la terreur, Pauvres âmes !
Leurs récits étonnants nous ont remplis d'effroi,
Non convaincus. — Amis, dit-il, répétez-moi
Ces propos. »

Cléophas *continue le récit.*

Je réponds : « Avant l'aube empourprée
Elles vinrent ensemble à la Tombe sacrée,
Emportant des parfums, mais ne purent trouver
Le corps enseveli. Sion vit arriver
Ce groupe tout ému de crainte (1); un, puis deux anges
Leur étaient apparus, nous dit-on : ces étranges
Témoins leur avaient fait grand peur ; quant à Jésus
Qu'elles venaient chercher, leurs vœux furent déçus.
Le Christ était vivant, d'après la renommée (2)   (521)
Que ces hérauts du ciel ont tous deux confirmée.
Elles ont répété leur dire, et, parmi nous,

(1) Je suppose que les saintes Femmes, puis saint Pierre et saint Jean, ont divulgué leurs visions à quelques amis rencontrés durant leur retour (excepté l'apparition de Jésus à saint Pierre), et que les disciples d'Emmaüs ont appris vaguement, par des tiers, ces nouvelles vite répandues.

(2) Abrégé des vers 521 à 526 :
Deux disciples alors, d'une course rapide,
Arrivent; ce qu'a dit cette troupe timide,

Aussitôt, quelques-uns, inquiets, en courroux,
Ont vers le saint Tombeau pris leur course rapide ;
Tout ce que racontait cette troupe timide,
Leurs yeux l'ont constaté ; le Maître, nulle part
Ils ne l'ont aperçu. Quel étonnant hasard !
— Hasard ? il n'en est point ! » reprit d'un ton sévère
Notre interlocuteur ; d'une douleur amère
Il semblait affecté. Tu t'en souviens, Simon !
Alors, que nous dit-il ?

SIMON continue le récit.

                    « Oh ! combien le démon
Fait une nuit profonde en votre intelligence ! (1)
Quoi ! votre cœur refuse, incroyable démence ! (2) (534)
D'écouter humblement les oracles de Dieu ?

(1) Variante : A fait la nuit profonde en votre intelligence !
(2) Abrégé des vers 534 à 550 :
Si vous n'étiez frappés de coupable démence,
Vous sauriez que le Christ devait se résigner
Aux plus affreux tourments, et par eux seuls régner. »
Dans les Livres sacrés alors il nous révèle
Le Rédempteur.
UN APOTRE.
          Longtemps à votre âme fidèle.....
     (Autre expression moins abrégée des mêmes pensées.)
Si vous n'étiez frappés de coupable démence,
Vous sauriez que le Christ devait se résigner
Aux plus affreux tourments et par eux seuls régner
Sur la terre et les cieux en la gloire éternelle :
Victoire sans combat, devant Dieu, que vaut-elle ? »
A ces mots, parcourant les célestes Écrits,
Il faisait ressortir à nos faibles esprits
Le grand bienfait qu'aux siens un Dieu clément révèle.
UN APOTRE.
Combien de temps ainsi dans votre âme fidèle.....

Mais si nous repassions, tous les trois, en ce lieu,
Dans le calme et la paix, ces pages merveilleuses,
Aux plus affreux tourments, tempêtes furieuses,
Vous verriez que le Christ devait se résigner,
Obtenir, seulement à ce prix, de régner
Sur la terre et les cieux en la gloire éternelle.
Victoire sans combat, devant Dieu, que vaut-elle? »
A ces mots, de Moïse il commente d'abord
Les textes inspirés; il nous montre l'accord
Des prophètes divins; avec ordre il explique
Tout ce que l'Écriture, en mainte page, indique
Concernant le Sauveur; et, vivement surpris,
Nous écoutions, honteux d'avoir si mal compris
Le grand bienfait qu'aux siens un Dieu clément révèle.

UN APOTRE.

Combien de temps ainsi, dans votre âme fidèle,
Ce voyageur à l'air noble et mystérieux
Versa-t-il sa doctrine?

CLÉOPHAS.

                    Instants délicieux,
Prolongés, mais trop courts! Jusqu'à notre demeure
Sa charité daigna nous parler. Déjà l'heure
Avançait; lui plus loin parut se diriger;
Nous de le retenir : « Vénérable étranger (1),   (556)
Demeurez avec nous! voyez, le jour s'achève.
Ange consolateur, vous ferez quelque trêve,

(1) Abrégé des vers 556 à 560 :
Alors nous réclamons l'honneur de l'héberger.

Par vos touchants discours, à nos longues douleurs. »
Ils consent à rester; quelle joie en nos cœurs!
Au modeste repas entre nous il prend place;
Puis il saisit le pain; quand il a rendu grâce,
Il le bénit, le rompt, et nous l'offre à tous deux.
Son amour nous embrase; il nous ouvre les yeux :
« C'est lui! C'est le Sauveur! » proclamons-nous en-
[semble.

L'APOTRE DÉFIANT.

Vous avez bien tardé, mes frères, ce me semble,
A connaître celui qui serait le Sauveur,
D'après vous! Pourquoi donc le nuage trompeur,
En cet instant, plutôt qu'en toute autre occurrence,
S'est-il évanoui?

SIMON.

Saint apôtre, je pense
Que le Seigneur alors seulement l'a permis,
Qu'après avoir tenu nos sens comme endormis,
Il les a réveillés. Que puis-je encor vous dire?

LE MÊME APOTRE, *à d'autres, à mi-voix.*

Conte peu naturel!

UN AUTRE.

Oui, la foi qu'il m'inspire
Est faible, assurément!

UN AUTRE, *à Simon.*

Vous l'avez reconnu,
Je le veux bien! Qu'est-il depuis lors advenu?

SIMON.

Bon Maître! tout à coup en vain nous vous cherchâmes.
Lorsque, d'un pain céleste, il eut nourri nos âmes,
Il disparut; et nous avons dû constater,
Quand cet Hôte chéri venait de nous quitter,
Que ni cloison, ni mur ne l'arrête au passage.

L'APOTRE DÉFIANT.

Votre narration me paraît bien peu sage!
C'est un fantôme, amis, que vos yeux auront vu!

CLÉOPHAS.

Un fantôme! allons donc!.... Le pain qu'il a rompu!....

LE MÊME APOTRE.

Oh! vous l'aurez brisé, mais sans y prendre garde.

CLÉOPHAS.

Ce n'est point sérieux!.....
    (*Il se lève, Simon l'imite.*)
              Frères, que Dieu vous garde!
Comptant, par ces détails, vous voir intéressés,
De revenir ici nous nous sommes pressés (1),   (588)
Et souvent nous disions entre nous sur la route :
« Ne l'as-tu point senti? Malgré le triste doute,
Notre cœur palpitant dans notre sein brûlait
Tandis qu'avec douceur le Maître nous parlait

(1) Abrégé des vers 588 à 593 :
De revenir ici nous nous sommes pressés.
Croyez-en nos discours; c'est la vérité pure.

Pour nous interpréter la divine Écriture. »

SIMON.

Maintenant nous voulons, devant que la nature
Ait étendu partout son ténébreux manteau,
Regagner Emmaüs. Comme le ciel est beau,
Le jour luira longtemps. Qu'Adonaï protège
Ses bien-aimés !

CLÉOPHAS.

Adieu !

SAINT PIERRE.

Frères, que le cortège
Des anges vous conduise !

SAINT JACQUES LE MINEUR, *à saint Jude*
qui les reconduit.)

Et surtout bien fermer,
Thaddée !

SCÈNE VIII

LES DIX APOTRES

Pendant cette scène, saint Pierre converse, à une extrémité de la
salle, avec un ou deux apôtres, et ne remarque pas que d'autres
apôtres mettent en doute l'apparition dont il a été favorisé.

L'APOTRE DÉFIANT *de la scène précédente.*

Un tel roman sans doute peut charmer
Quelques enfants naïfs. Mais, comme Madeleine,

Comme nos autres sœurs, quelle preuve certaine
Nous ont-ils donc offerte? Imagination,
Rêve d'âme attristée, une apparition
Qui ne me semble avoir rien de réel, en somme,
C'est tout ce que j'y trouve.

SAINT ANDRÉ.

        Oui, Pierre est le seul homme
En qui l'on reconnaisse un témoin sérieux.
Car, enfin, Pierre a vu! Que désirer de mieux?

L'APOTRE DÉFIANT, *à mi-voix.*

Hélas! s'il faut le dire, eh bien! Pierre lui-même.....

SAINT JUDE, *revenant,*
interrompt en disant à son frère.

Porte close, avec soin. Dans un danger suprême,
Les Juifs, nos ennemis, ne sauraient pénétrer
Sans nous donner le temps, ou de nous retirer,
Ou d'affronter l'assaut.

SAINT JACQUES LE MINEUR, *à son frère.*

        Merci!
(*A mi-voix, à l'apôtre incrédule.*)
        Mais toi, de Pierre,
Qu'est-ce que tu disais?

L'APOTRE INCRÉDULE, *à mi-voix.*

        Que son ardeur première,
Sa faiblesse et, depuis, son profond repentir
L'ont jeté dans le trouble; il n'en peut plus sortir,

Et je trouve suspect, dès lors, son témoignage ;
Car lui-même a bien pu prendre une vaine image
Pour un être vivant : Pierre s'est figuré
Recevoir du Seigneur un pardon désiré.
Qui le persuadait? sa seule fantaisie.
Ainsi, d'émotion son âme est trop saisie
Pour imposer la foi.

Saint André.

           Mon frère, cependant,
Est un témoin bien grave !

Saint Jean.

           Oui, moi, comme un enfant
Aux discours paternels croit, sans le moindre doute,
Tout ce que me dit Pierre, avec foi je l'écoute.

L'apôtre incrédule.

O Jean, pour toi, si jeune, en ta simplicité,
Tout ce que l'on t'affirme est une vérité.
Nous, par l'âge mûris, nous doutons. Cette affaire,
Malgré notre désir, à nos yeux n'est pas claire.

Saint Jacques le Majeur, *avec découragement.*

Qui nous l'éclaircira? (1)   (631)

---

(1) Addition comme conséquence de l'abréviation des vers 419 à 431 :
Le vers 631 doit être remplacé par les neuf vers suivants :

Saint Jacques le Majeur, *avec découragement.*
Qui nous l'éclaircira?
Saint Thomas.
Moi, dans les environs,

SCÈNE IX

LES MÊMES, JÉSUS

*(Jésus paraissant subitement, sans avoir
ouvert la porte.)*

Paix à vous, mes amis!

UN APOTRE, *effrayé.*

Quelle apparition!

UN AUTRE, *de même.*

Ciel! d'horreur je frémis!

Je voudrais, sur le fait, que tous nous désirons
Connaître, interroger avec grande prudence,
Ecouter, s'il se peut, ce que la foule pense :
De ce sépulcre ouvert quels sont les vrais motifs?.....
Je sors. A refermer soyez bien attentifs.

UN APOTRE, *l'accompagnant à la porte.*

J'y veille.

SAINT JACQUES LE MAJEUR, *lent et grave.*

Oh! puisse enfin la grâce triomphante
Raffermir en son âme une foi chancelante!
(L'apôtre qui a accompagné saint Thomas revient.)

SAINT PIERRE.

Eclairez-le, Seigneur!

SCÈNE IX

JÉSUS, LES ONZE, MOINS SAINT THOMAS

*(Jésus paraît subitement sans avoir ouvert la porte
et même venant d'une direction opposée.)*

Paix à vous, mes amis!

UN AUTRE, *s'écrie.*

Le fantôme !..... Voyez !..... Quand la porte était close,
Il entre !

(Les apôtres effrayés se retirent aux extrémités
de la scène, excepté saint Pierre et saint Jean,
qui s'approchent de Jésus et se prosternent.)

SAINT PIERRE.

Vous, Seigneur !..... Qu'à vos pieds je dépose
Mon repentir !

SAINT JEAN.

C'est vous, Maître !..... De tout mon cœur
Je vous adore !

JÉSUS, *à ces deux apôtres.*

Enfants chéris, que le bonheur
Habite pour jamais dans votre âme fidèle !
(Saint Pierre et saint Jean se relèvent.)

JÉSUS, *aux huit autres apôtres.*

Pourquoi vous éloigner de moi, troupe rebelle,
Hommes de peu de foi ! Ne craignez point ! Venez ;
Je suis votre Sauveur !..... Ils sont tous consternés !

SAINT PIERRE, *aux huit apôtres.*

Approchez !

SAINT JEAN, *de même.*

Venez donc !

(Saint André et saint Jacques le Majeur
se rapprochent timidement chacun de son frère.)

UN APÔTRE, *effrayé, aux cinq autres.*

     L'Esprit que Madeleine
A dû voir !

UN AUTRE, *de même.*

Qui parlait à Céphas !

UN AUTRE, *de même.*

      Hors d'haleine,
Je crois mourir !

JÉSUS.

  Pourquoi cette folle terreur ?
Des rêves enfantins ont troublé votre cœur ;
Allons ! repoussez-les ! réveillez-vous !
  (Les six s'approchent encore pleins de crainte.)

JÉSUS *continue.*

       Courage !
Ne connaissez-vous plus ma voix ni mon visage ?
Et mes pieds ? et mes mains ? Voyez, considérez
Par les clous de la croix comme ils sont perforés !

UN DES SIX, *aux autres.*

Je l'avoue ! au Seigneur ce fantôme ressemble !

JÉSUS.

Quoi ! vous doutez encore ? Approchez ! tous ensemble !

Ici ! plus près de moi ! point de timidité !

(Tous l'entourent.)

Mes membres, palpez-les en pleine liberté.
N'est-ce pas de la chair ? n'est-ce qu'un vain fantôme
Que tremblants vous pressez entre vos doigts ?

UN DES SIX.

D'un homme (1)

Réel, en vérité, ce merveilleux Esprit
Nous offre l'apparence !

UN AUTRE.

Oh ! mon cœur s'attendrit,
S'ouvre au plus doux espoir !

UN AUTRE.

Serait-il donc possible ?

UN AUTRE.

Je ne sais où j'en suis ; ce spectacle terrible
Précipite mon âme en un trouble profond.

SAINT PIERRE.

Amis, n'hésitez plus !...... Quoi ! ces preuves ne font
Qu'un médiocre effet sur vous ?

SAINT JEAN.

Votre allégresse,

(1) Variante :

Symptôme

Étonnant ! D'un humain ce merveilleux Esprit
Nous offre l'apparence !

Trop subite et trop vive, à votre âme ne laisse,
Je crois, aucun pouvoir de penser, de juger.

JÉSUS.

Abrégeons votre épreuve : à quoi bon prolonger
Ce doute, cette erreur? Avez-vous en réserve
Quelque aliment? Cherchez, pour que votre œil observe,
En me voyant manger, si je suis bien vivant.

UN DES SIX, *cherchant.*

Oui, du dernier repas..... il reste..... assurément.....
 (*En apportant du poisson.*)
D'abord cette moitié de poisson.....

UN AUTRE, *apportant du miel.*

    Moi, je trouve
Ce doux rayon de miel.

JÉSUS.

    C'est assez!..... Je vous prouve.....
 (*Il mange.*)
En goûtant de ce mets..... comme de celui-ci.....
Que je vis comme vous..... Les restes, les voici.
 (*Il leur rend les mets.*)

UN DES SIX, *examinant.*

Il a mangé!..... C'est clair!..... Pourquoi tant nous dé-
       [fendre?

Il est ressuscité!

    (*Il se prosterne.*)

UN AUTRE.

Je crois !
(*Tous se prosternent successivement.*)

UN AUTRE.

Il faut se rendre !
Louange à vous, Seigneur !

UN AUTRE.

Nous vous glorifions !
Oui, vous domptez la mort !

UN AUTRE.

Oui, nous vous confions
A jamais, cette fois, nos cœurs et notre vie !

JÉSUS, *les relevant.*

Bien, enfants !..... J'aime en vous la généreuse envie
De réparer vos torts. Quelle difficulté
Pour reconnaître enfin qu'en toute vérité
Le Verbe du trépas triomphe ! et qu'il en coûte
Pour obtenir de vous la foi !..... Pourquoi le doute ?
Ce miracle sans pair ne vous est pas nouveau !
Dans mainte circonstance, à vous, petit troupeau,
Je l'avais annoncé ! Même avant moi, Moïse,
Les prophètes plus tard, les Psaumes que l'Église
Des fils d'Abram, aux jours de fête, aime à chanter,
Se sont trouvés d'accord pour vous le répéter :
Afin d'entrer, vainqueur, dans sa gloire éclatante,
Le Christ avait à suivre une route sanglante ;

Il devait, sur la Croix, jusqu'à la mort souffrir
Et, le troisième jour, de la tombe partir.
Vous allez maintenant prêcher la pénitence
En mon nom; vous allez répandre la croyance
Au nouvel Évangile, absoudre les pécheurs
Et dans le monde entier me gagner tous les cœurs;
Commencez, toutefois, par cette Ville Sainte.

UN APOTRE.

Pardon d'avoir douté!

UN AUTRE.

Pardon de notre crainte!

UN AUTRE.

Nous n'avions pas compris!
(Successivement,
tous se jettent de nouveau à ses pieds.)

JÉSUS.

A vous tous pleine paix!
Comme mon Père ici m'envoya, désormais
Je vous envoie.
(Il souffle sur les apôtres agenouillés autour de lui.)
En vous, mon souffle fait descendre
L'Esprit-Saint; offrez-lui vos âmes, qu'il vient prendre
Pour sa chère demeure. A qui vous remettrez
Ses fautes, de l'enfer vous le préserverez;
Mais vous refusez-vous à pardonner un crime?
Le pécheur restera de Satan la victime.
(Jésus disparaît.)

SCÈNE X

LES DIX APÔTRES

(Les apôtres prosternés, n'entendant plus Jésus parler,
se relèvent successivement.)

Un apôtre, *encore agenouillé, croyant Jésus présent.*

Quelle grâce, Seigneur!

Un autre, *de même.*

Quel étonnant pouvoir!

Un autre, *se relevant.*

Quoi! le Maître est parti!

Un autre.

Mais nous n'avons pu voir
Quand il a disparu!

Un autre.

Chez lui tout est merveille.

Saint Pierre.

Homme et Dieu tout ensemble! Union sans pareille!
Chantons l'hymne de gloire au saint Triomphateur,
Qui pour nous, en ce jour, de la mort est vainqueur!

Hymne de Vêpres des dimanches après Pâques.
Place des personnages.

Saint Jude, saint Jacques le Mineur, saint André,
saint Pierre au milieu, saint Jean, saint Jacques

le Majeur. Les quatre autres apôtres aux extré
mités.

Saint Pierre, *seul, chante.*

> *Ad regias Agni dapes,*
> *Stolis amicti candidis*
> *Post transitum maris Rubri*
> *Christo canamus Principi.*

Chœur de tous les apotres a trois ou quatre voix.

> *Divina cujus charitas*
> *Sacrum propinat Sanguinem,*
> *Almique membra Corporis*
> *Amor sacerdos immolat.*

Saint Jean, *seul.*

> *Sparsum Cruorem postibus*
> *Vastator horret Angelus,*
> *Fugitque divisum mare,*
> *Merguntur hostes fluctibus.*

Chœur.

> *Jam Pascha nostrum Christus est,*
> *Paschalis idem Victima*
> *Et pura puris mentibus*
> *Sinceritatis azyma.*

Saint Pierre et Saint André, *à deux voix.*

> *O vera Cœli Victima,*
> *Subjecta cui sunt tartara,*
> *Soluta mortis vincula,*
> *Recepta vitæ præmia.*

Chœur.

> *Victor subactis inferis*
> *Trophæa Christus explicat,*

Cæloque aperto, subditum
Regem tenebrarum trahit.

SAINT JEAN ET SAINT JACQUES LE MAJEUR, *à deux voix.*

Ut sis perenne mentibus
Paschale, Jesu, gaudium.
A morte dira criminum
Vitæ renatos libera.

CHOEUR.

Deo Patri sit gloria.
Et Filio, qui a mortuis
Surrexit, ac Paraclito,
In sempiterna sæcula. Amen.
(On peut se contenter de deux ou quatre strophes.)
(Coups énergiques et répétés à la porte.)

SAINT PIERRE.

Avec vigueur on frappe; ouvrez.

(Un apôtre va ouvrir.)

UN AUTRE APOTRE.

Nulle apparence
D'un esprit, cette fois! Nous allons voir, je pense,
Un mortel comme nous.

SCÈNE XI

LES MÊMES, SAINT THOMAS

SAINT THOMAS, *craintif, à l'apôtre qui a ouvert.*   Jean, xx, 24 25

Referme exactement
La porte!

UN APOTRE.

Eh ! C'est Thomas !

UN AUTRE.

Lui-même !

SAINT PIERRE.

Heureux moment !
Tu nous reviens ! Sois donc le bienvenu ! (1)

SAINT THOMAS, *effrayé, à mi-voix.*

Mes frères,
Que le ciel vous défende ! Oh ! quels chants téméraires !
Montrez de la prudence et faites moins de bruit !
Savez-vous quel danger vous attend cette nuit ?
Si des Juifs votre joie exaspérait la haine !

UN APOTRE, *moqueur.*

Après ?

UN AUTRE.

De leur dépit, pourquoi nous mettre en peine ?

SAINT THOMAS.

Malheureux ! Notre Maître infortuné, de mort (2)

Variantes faisant suite à celles des vers 419 et 631, en supposant
que saint Thomas fût présent à la scène VII :
(1)   SAINT PIERRE.

Trop tard, et d'un moment,
Tu nous reviens ! Mais sois le bienvenu !
(2) Modifier comme il suit les vers 723 et 724 :

SAINT THOMAS.

Grave erreur ! Non contents d'avoir frappé de mort
Notre Maître, voici que, redoublant d'effort,

Cruelle ils l'ont frappé; puis, redoublant d'effort,
Leur fureur, pour les siens, rêve supplice, outrage;
Mais nous surtout, les onze, une infernale rage (1)
Nous poursuit! on nous cherche; on peut, à tout instant,
En masse pénétrer ici!... Pour moi, tremblant, (2)
J'erre depuis trois jours. Quelle affreuse existence!
Où me cacher? Partout sévit cruelle, intense,
La persécution! J'entends de tous côtés
Des propos dont seraient cent fois déconcertés
De plus vaillants que moi!..... Près de quitter la ville,
J'ai voulu, chers amis, découvrir votre asile,
Non sans grave danger!..... Mais j'ai cru vous devoir
Cet avertissement, dans un péril si noir!
Partez, dispersez-vous, le temps presse! Au plus vite
Il faut laisser bien loin cette cité maudite!

SAINT PIERRE.

Merci de nous donner un charitable avis!
De te rendre la paix il nous sera permis.

SAINT THOMAS.

La paix? à moi? comment? serait-ce encor possible! (3)

                                        (741)

(1) Variante :
Mais nous, plus que tout autre, une infernale rage...
   Variantes faisant suite à celles des pages 44, 57, 68:
   (2) Remplacer les vers 728 à 737 par ces deux vers seulement :
En ce lieu pénétrer!..... Vous me voyez tremblant;
Ce que je viens d'entendre!..... Il faut fuir au plus vite!
   (3) Remplacer les vers 741 à 750 par ces deux seuls vers :
                SAINT JEAN.
Le Seigneur saura bien de ce peuple infidèle

SAINT JEAN.

Le Seigneur saura bien à ce danger terrible
                              (*Ironique.*)
Dérober ses enfants !

SAINT THOMAS.

                  Le Seigneur ? Mais sa fin
Vous est connue ! Hélas ! Effroyable destin
Qu'il n'a pu conjurer ! Maintenant, dans sa tombe,
Il sommeille impuissant !

SAINT PIERRE.

                  Le devoir nous incombe
De t'instruire ; au sépulcre il ne repose plus.

SAINT THOMAS.

On l'a donc enlevé ?

SAINT PIERRE.

                  Non ; par lui sont vaincus
La mort et les enfers ! Plein de force nouvelle.....

SAINT THOMAS, *incrédule, interrompt.*

Allons donc !

Nous sauver.

SAINT THOMAS.

Croyez-vous ?

SAINT PIERRE.

Sa vigueur immortelle,

SAINT PIERRE.

Oui, vraiment! Sa vigueur immortelle,
Ici même, à nous tous, il vient de la montrer.

SAINT THOMAS.

Ici? vous l'avez vu?

SAINT PIERRE, *montrant les apôtres.*

Tous, sans exagérer.

SAINT THOMAS.

Est-ce un rêve?

SAINT PIERRE.

A l'instant il a daigné paraître,
Nous parler.

SAINT THOMAS.

Quel affront! Vous avez vu le Maître
Lorsque j'étais absent?

SAINT PIERRE.

Pourquoi donc loin de nous   (1)
Si longtemps demeurer?

SAINT THOMAS.

Le plus amer courroux

(1) Variante faisant suite aux précédentes :
SAINT PIERRE.
Tu t'en vas loin de nous
Écouter de vains bruits!

Gagne mon triste cœur. Ce trait m'est fort sensible !
Et n'ai-je pas raison ? Se rendre aux siens visible
Exprès, c'est évident ! lorsque je suis sorti !

SAINT PIERRE, *légèrement railleur.*

Revenir parmi nous sans t'avoir averti !

SAINT THOMAS.

Puisqu'il m'a dédaigné, moi, je vous le déclare,
Cette apparition surprenante, bizarre,
Eh bien ! je n'y crois pas !

SAINT PIERRE.

        Ami, puisque nous tous
Nous l'avons vu !

SAINT THOMAS.

        Croyez alors ! tant mieux pour vous !
Je ne l'ai pas vu, moi !

SAINT JACQUES LE MAJEUR.

        Toutes portes fermées,
Il pénètre ! il surprend nos âmes alarmées !
A l'envi nous poussons de vains cris de terreur !

SAINT THOMAS, *montrant la porte.*

A travers cette porte a passé le Seigneur,
D'après vous ?

SAINT JACQUES LE MAJEUR.

Tu l'as dit.

SAINT THOMAS.

                C'est un fantôme, une ombre,
Et non pas lui!

SAINT ANDRÉ.

        Voyons! Crois-tu qu'un si grand nombre
De témoins, comme un seul, puissent tous se tromper?

SAINT JACQUES LE MINEUR.

Et même, insigne honneur! il nous a fait palper
Ses mains, ses pieds sanglants.

SAINT JUDE.

                Oui, tous, des clous énormes,
Nous avons constaté les empreintes difformes.

SAINT THOMAS.

C'est fort bien! s'il vous plaît d'y croire, libre à vous!
Mais pour moi!.....
                        (Geste.)

SAINT PIERRE.

        Chasse au loin, frère, un dépit jaloux!
Que ta foi, ton amour, surmontent cette épreuve!
Quand nous affirmons tous, quelle plus forte preuve
Pourrait donc te fournir notre sincérité?

SAINT THOMAS.

Soit! vous affirmez tous qu'il est ressuscité;
Mais si je partageais, amis, votre croyance,
N'entrevoyez-vous pas pour moi la conséquence?

A sa suite avec vous je dois me replacer,
A son ordre obéir, sa doctrine embrasser,
Affronter sans effroi des juifs l'aveugle haine
Et, pour lui, m'élancer vers une mort certaine!

SAINT JEAN.

Puisqu'il est mort pour nous, sans demander merci!

SAINT THOMAS.

Ah! permettez! Que ceux qui soutiennent ici
L'avoir vu bien vivant, avoir de ses blessures
Sondé la profondeur, ceux qui de preuves sûres
Se prétendent munis sur ce fait sans pareil,
Que ceux-là, sans rien craindre, aillent, en plein soleil,
Affirmer le miracle, essuyer la tourmente!
S'ils ont bien constaté, pour eux plus d'épouvante!
Mais moi qui n'ai rien vu, rien sondé!.....

SAINT MATTHIEU, *interrompant.*

      Dix témoins
S'en déclarent garants!

SAINT THOMAS.

     Non, non! c'est bien le moins
Que je constate aussi!

SAINT PHILIPPE.

    Pourtant notre parole.....

SAINT THOMAS.

Votre parole, hélas!

SAINT PHILIPPE, *scandalisé.*

Jésus, à votre école,
Nous serions tous menteurs?

SAINT THOMAS.

Vous, des menteurs? oh! non,
Des plus honnêtes gens vous méritez le nom.

SAINT PHILIPPE *et d'autres.*

Eh bien donc?.....

SAINT THOMAS.

Mais en vous trop de candeur réside,
D'enthousiasme aussi, conseiller bien perfide
Pour juger avec calme un tel événement;
Depuis trois jours peut-être, ensemble, imprudemment,
Vous vous exaltez!

SAINT BARTHÉLEMI.

Quoi! l'audacieux suppose!.....

SAINT THOMAS, *interrompant.*

Oui, l'un de vous a cru percevoir quelque chose;
Son voisin, en grand trouble, a cru voir comme lui;
D'autres ont fait de même; et vous tous, aujourd'hui,
Vous croyez avoir vu!

SAINT SIMON *le Cananéen.*

Mais, parleur téméraire!
Tous nous l'avons touché!

SAINT THOMAS.

Vous aurez cru le faire!

SAINT SIMON.

Peut-on dire!.....

SAINT JUDE, *interrompant.*

A l'instant (tu n'y répondras pas!)
Jésus a, sous nos yeux, pris un léger repas!

SAINT THOMAS.

A vos yeux somnolents quelque trompeuse forme
Aura fait croire, à tort, qu'il mangeait. Mais qu'il dorme
A jamais dans la tombe ou soit ressuscité,
Le fait ne sera plus entre nous discuté.
S'il vit, je lui demande un semblable prodige
A celui que vous tous proclamez.

SAINT JACQUES LE MINEUR.

Quel vertige
Entraîne loin du vrai ton esprit orgueilleux?

SAINT THOMAS.

Non, je vous le déclare à la face des cieux,
Si de même que vous je ne vois son visage,
Si je ne touche, autant qu'il me paraîtra sage,
Son corps vivant, ses mains, ses pieds de clous percés,
Si mes doigts dans les trous ne sont point enfoncés,
Dans son côté béant si ma main ne pénètre,
Jamais, entendez bien, ne me ferez admettre

Qu'il ait vaincu la mort!
(*Il s'éloigne vers la gauche.*)

SAINT JACQUES LE MAJEUR.

Triste obstination!

SAINT ANDRÉ, *à saint Thomas.*

Mon frère, à notre cœur vois quelle affliction
Ton doute causera!

SAINT PIERRE.

Mes amis, nous, à croire
Avons-nous donc paru moins lents?

SAINT JACQUES LE MAJEUR.

Devant la gloire
Du Sauveur, très longtemps nous avons refusé
D'incliner notre foi; mais avons-nous osé
Prolonger comme lui l'erreur, la résistance?

SAINT MATTHIEU.

D'unanimes témoins l'imposante assurance
Ne fut pas sans effet sur notre esprit.

SAINT PIERRE.

Hélas!
Madeleine, l'avez-vous crue?

SAINT JEAN.

Et Cléophas?

Et Simon?

Saint Jacques le Mineur.

Et l'accord de nos sœurs vénérables,
De l'avoir méprisé sommes-nous point coupables?

Saint André.

Et tout à l'heure encor, mon frère, ici présent,
A vu son témoignage énergique et constant
Récusé par plusieurs d'entre nous.

Saint Philippe.

C'est trop juste!

Saint Barthélemi.

Nous avons méconnu du ciel la voix auguste!

Saint Pierre.

Eh bien! à notre tour, pour notre cher Thomas
Prions; qu'il soit docile et ne persiste pas
Dans l'incrédulité.
*(Il s'agenouille, tous l'imitent, sauf saint Thomas
qui, un peu confus et embarrassé, demeure
seul debout à gauche.)*

Saint Pierre *prie au nom de tous.*

Jésus, Dieu tutélaire,
Nous vous en conjurons, éclairez notre frère;
Que de sa dureté la grâce vienne à bout
Et l'attache au Sauveur triomphant.
(Ils se relèvent.)

Saint Thomas, *touché, se rapproche d'eux.*

Après tout,
Pensez-vous que mon âme à croire se refuse?
Non. Votre charité m'émeut; point ne m'abuse
Un opiniâtre orgueil. Si du ciel j'obtenais
Quelque preuve solide, infaillible!.....

SCÈNE XII

LES MÊMES, JÉSUS (1)

Jésus.

La paix   Jean, xx, 26-29

Soit avec vous!

Saint Philippe.

C'est lui!

Saint Simon *le Cananéen.*

C'est le Seigneur!

Saint Jude.

La porte
Est fermée aussi bien que naguère!

Saint Thomas, *à part, retiré sur la gauche.*

Elle est forte,

(1) Bien que cette seconde apparition de Jésus aux apôtres réunis dans le Cénacle n'ait eu lieu que huit jours après la première, la nécessité de compléter un ensemble m'oblige à la placer ici.

La surprise!..... Est-il vrai?..... Serait-ce lui?
> (*Les apôtres se prosternent autour de Jésus,
> excepté saint Thomas.*)

Saint Matthieu, *prosterné.*

Sauveur

Du monde, à vous toujours soit mon âme!

Saint Barthélemi, *de même.*

O vainqueur

De la mort, des enfers, Jésus, je vous adore!

Jésus.

Relevez-vous.

(*Tous obéissent.*)

> Thomas, viens donc!.....
> (*Saint Thomas s'approche.*)

Plus près encore!.....

(*Saint Thomas obéit.*)
Me reconnais-tu bien?

Saint Thomas, *humble et confus.*

Oui, Seigneur, oui, c'est vous,

Je le confesse!

Jésus.

Ici, mets ton doigt dans les trous

De mes mains.....
> (*Saint Thomas obéit.*)

De mes pieds.....

(*Saint Thomas obéit.*)

A ton aise constate.

Saint Thomas, *confus.*

Ciel! où suis-je?

Jésus.

As-tu fait?.. Bien!.. pour que mieux éclate
A tes regards, aux yeux de tous, la vérité,
Que ta main, sans faiblir, s'enfonce en mon côté
Que perça pour le monde une lance cruelle.

Saint Thomas, *se défendant.*

Non, Seigneur! c'en est trop! épargnez ce rebelle!
Je me repens!
(*Jésus, lui prenant la main et l'enfonçant lui-même.*)
Non point! Obéis maintenant!
Humble et doux; laisse faire.....
(*Avec tendresse.*)
Allons, mon pauvre enfant!..
Ai-je réalisé tes désirs? Tout scrupule
A-t-il bien disparu? Ne sois plus incrédule
Désormais; sois fidèle!

Saint Thomas, *prosterné.*

Oui, je proclame en vous
Mon Seigneur et mon Dieu! Que votre blâme est doux!
Quelle miséricorde! A vous seul je me livre!
Je vous adore enfin! Pour vous seul je veux vivre,
Souffrir jusqu'à la mort!

Jésus, *le relevant.*

Thomas, ton cœur a cru

Parce que tes regards tout à loisir m'ont vu ;
Bienheureux seront-ils ceux qui, sans voir, fidèles,
Cherchent avec ardeur les beautés éternelles !
De moi, car je leur reste intimement uni,
Vient en eux la science et l'amour infini.
Pour éclairer votre âme, à vous, sainte cohorte,
Fut donné de me voir ; des preuves d'autre sorte
Devront à croire en moi porter le genre humain :
Des prodiges sans nombre, œuvre de votre main,
Du Testament Nouveau la sublime doctrine,
Plus encor, vos vertus, avec l'aide divine.
Mais quel signe, entre tous, convaincra ? Votre sang
Répandu pour la foi. Donc, fils du Tout-Puissant,
Annoncez l'Évangile, affrontez le martyre,
Et par tout l'univers étendez mon empire.

*(Pendant ces derniers vers, tous les personnages
qui paraissent en l'une ou l'autre partie sont rentrés
au fond de la scène.)*

SCÈNE XIII

Tous les personnages chantent : *O Filii et Filiæ,*

très solennel, comme au Salut de Pâques.
Les solistes se placent en l'ordre suivant, sur le devant
de la scène : 1er ange, sainte Marie, mère de saint Jacques ;
saint Thomas, saint Pierre, Jésus, la Très Sainte Vierge,
saint Jean, sainte Madeleine, 2e ange.
3 *Alleluia,* solo par le 1er ange.
3 *Alleluia,* chœur à plusieurs parties.

1re strophe : le premier ange, puis chœur, 3 *Alleluia*.

2e strophe : sainte Madeleine, puis chœur, 3 *Alleluia*.

3e strophe : saint Pierre, puis chœur, 3 *Alleluia*.

4e strophe : saint Jean, puis chœur, 3 *Alleluia*.

5e strophe : Le 2e ange, puis chœur, 3 *Alleluia*.

6e strophe : Jésus, puis chœur, 3 *Alleluia*.

7e strophe : saint Thomas, puis chœur, 3 *Alleluia*.

8e strophe : Jésus, puis chœur, 3 *Alleluia*.

9e strophe : saint Thomas qui se prosterne aux dernières paroles, puis chœur, 3 *Alleluia*.

10e strophe : Jésus. A la fin, saint Thomas se relève, puis chœur, 3 *Alleluia*.

11e strophe : sainte Marie, mère de saint Jacques, puis chœur, 3 *Alleluia*.

12e strophe : La Très Sainte Vierge, puis chœur, 3 *Alleluia*.

3 *Alleluia*, solo par la Très Sainte Vierge ou par le deuxième ange; puis le chœur.

On peut distribuer ce chant sacré de toute autre manière.

MODIFICATIONS

PAGE 8, 2e VERS :

Pour l'occire, avons-nous pas fait de notre mieux?

PAGE 53, 10e VERS :

.....Pourquoi donc le nuage trompeur,
En cet instant, plutôt qu'en toute autre occurrence,
S'éloigna-t-il?

SIMON.

Pourquoi? Saint apôtre, je pense

PAGE 74, 12e VERS :

Dès qu'ils ont constaté, pour eux plus d'épouvante!

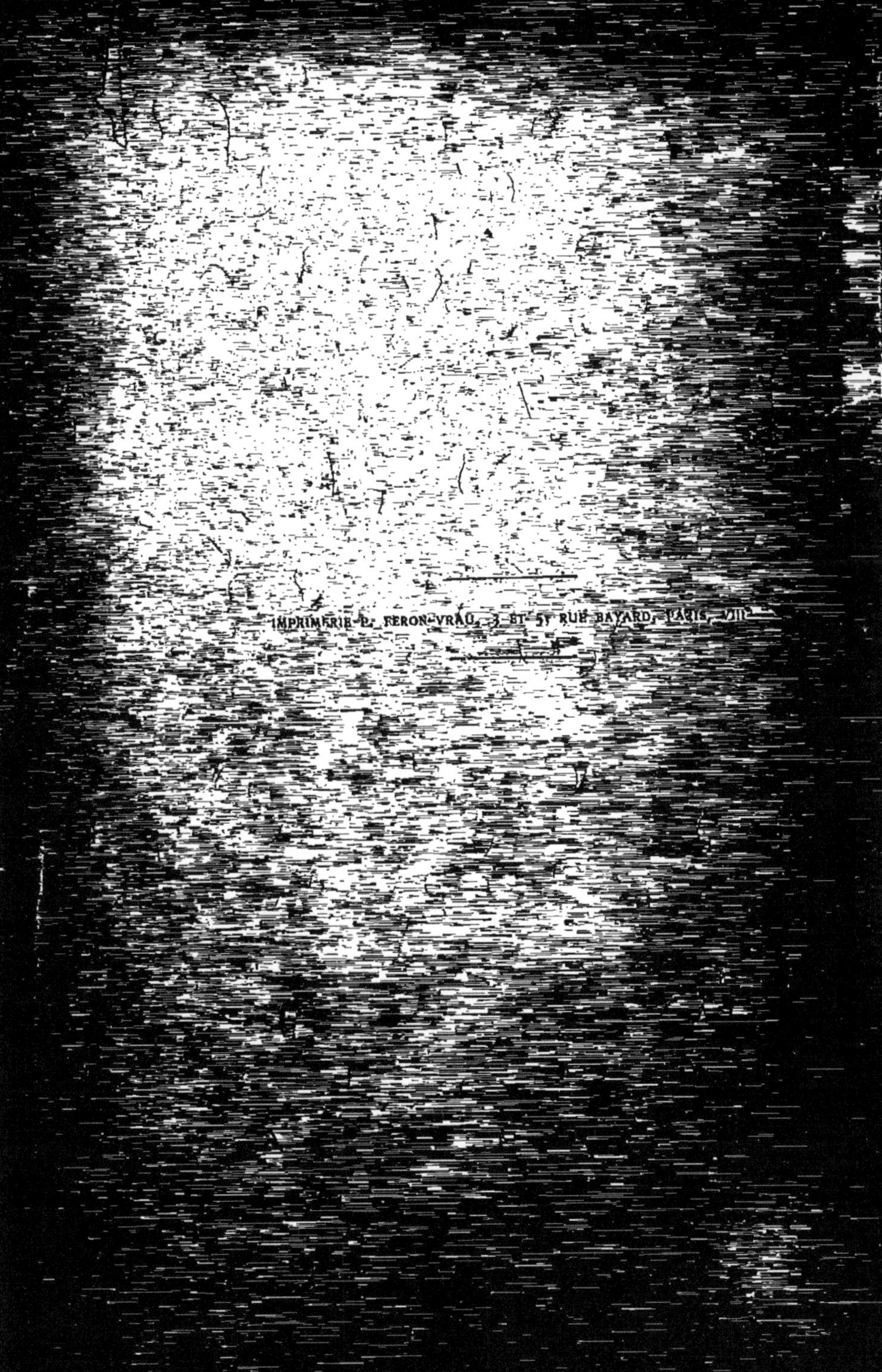

IMPRIMERIE P. FERON-VRAU, 3 ET 5, RUE BAYARD, PARIS, VIII